레몬인지 오렌지인지 묻지 말아 줘

파블로다니엘

지금은 행복하지 않으니

오늘도 불행을 씁니다,

그래요, 나는 단지 슬픔이 조금 많은 사람입니다.

채륜서

나는 그런 생각을 했다, 행복한 글을 쓰기 위해서는 행복해야 하고, 불행한 글을 쓰기 위해서는 불행해야 한다, 행복하지 않은 사람이 행복한 글을 써서 그 책이 잘 팔리게 된다면, 그 사람은 연기를 잘하는 배우일 뿐, 어떤 독자는 내게 물었다, 작가님이 쓰는 행복한 글이 궁금해요, 글쎄요, 언젠가는 행복에 관한 글들을 쓰게 될까요, 지금은 행복하지 않으니 오늘도 불행을 씁니다, 그래요, 나는 단지 슬픔이 조금 많은 사람입니다.

차례

프롤로그 3

1 ____ 슬픔이 쉽게 오는 사람은 슬픔이 오래 머물고

2 _____ 흐려지는 것들에게 들려주는 사랑

1 _____ 슬픔이 쉽게 오는 사람은

슬픔이 오래 머물고

돌아오지 않을 사람을

　　　　　기다리는 자세

　　나는 턱을 길게 빼고 우수에 가득 찬 눈빛으로
돌아오지 않을 사람을 기다립니다, 이것은 내가
사람을 기다리는 자세입니다, 나를 세상에 나오게
하였지만,

　　어머니는 나를 버린 후, 한 번도 찾아온 적이
없었고, 내가 어머니를 처음으로 찾아갔을 땐, 어
머니의 눈빛은 분명 나를 기억하지만 어머니는 내
가 누군지도 모른다는 표정을 짓고 있었습니다,

어머니의 집은 바람이 많이 불었고, 검은 개는 마당을 가로질러와 내 바짓가랑이를 물고 늘어지며 어서 가라고 나에게 짖어대었습니다, 나는 쓴 웃음을 지으며 돌아갔습니다, 돌아오던 길, 여름의 색은 흐렸고 참새들은 쫑쫑 걸어와 먹이 대신 햇빛을 쪼고 있었습니다.

완벽한

　　방법

내가 너를 도망가게 만드는

가장 완벽한 방법

내가 가진 불행을 보여줄까?

사랑은 아낌없이

빼앗는 것

- 아라시마 다케오의 말을 인용하며

　나는 한 번 고뇌를 하면 머리를 부여잡고 상당히 오랫동안 고뇌를 하는 타입이다, 세상의 영향을 쉽게 받는다고 해야 할까, 세상으로부터 나약하게 태어났다고 해야 할까, 그렇게 해결에 도달하지 못할 고뇌에 휩쓸릴 때면 나는 술의 힘을 빌리지 않으면 견딜 수가 없는 마음이 든다, 그럴 때마다 주변 사람들은 인상을 찌푸리지만 이렇게 나약한 모습을 보여주는 일도 내겐 어쩔 수 없는 일이다, 오늘도 잔뜩 고뇌를 부여잡고 술집으로 뛰어들어, 술을 퍼먹는다, 그때 벨이 울린다, 나를 사랑하는 여인은 술을 조금만 마시라고 나에게 말한다, 그럼 나는 조금 그리고 많이 마시겠다고 말장난을 한다,

그렇게 전화를 끊고, 한동안 술을 마시면, 어느새 여종업원이 다가와 쓰러진 나를 깨운다, 그리고 다시 잠에 들고 깨우고 마시고 깨우고 마시고를 반복한다,

내가 사랑을 할 땐 상대방의 모든 것을 원한다, 아낌없이 빼앗는다는 다케오의 말이 맞을 것이다, 그래 처음엔 모든 것들은 질서 정연했다, 하지만 어느샌가 모든 것들이 흐트러지고, 나는 정상적인 행동을 할 수 없었다, 그때 항상 나는 사랑을 찾았다, 사랑하는 사람의 많은 것을 빼앗았고, 나도 전부를 주었다, 사실 이것은 비교할 수 없는 문장이다, 나는 아무것도 줄 수 있는 게 없는 추한 작가니까, 내가 상대방에게 줄 수 있는 질과 양이 다르

다고나 해야 할까, 상대방이 주는 것과 비교하면 내가 주는 것은 터무니도 없었다, 그리고 나는 다시 방랑한다, 방랑은 세상 앞에서 내가 여태껏 살아남을 수 있었던 비결이다, 그렇게 말하면 사람들은 분명 비웃을 거야, 하지만 나라는 인간은 어쩔 수 없는걸, 내적 고백을 한다, 마지막 잔을 마시고, 주머니에서 카드를 꺼내어 계산한다, 나는 비틀비틀거리며 잠시 건물 벽에 몸을 기댄다, 그리고 사랑하는 여인에게 전화를 건다, 한동안 신호음이 울리다가 전화가 툭 하고 끊어진다.

내가 머무는 계절은

부족했고

의자는 유난히도 삐걱거렸고, 나의 봄은 상처
투성이였습니다, 수도 없이 많은 것을 잃어버린
내게 겨우 남은 건 계절뿐이었습니다, 나는 많이
쓸쓸하고, 밖에선 지나가는 사람들의 소리가 들립
니다,

어떤 사람은 많이 아프다 하였고, 어떤 사람은
깔깔 웃었습니다, 꽃의 꽃말은 오직 하나로만 부
르는 게 나는 좋습니다, 계절 내 나의 아픔은 사라
지지 않았고, 나는 마음의 상처 자국들을 자꾸만

감추었지만,

　사람들은 내 상처를 보고 싶어 했습니다, 그렇게 선명한 자국들을 보이면 사람들은 나를 떠나갔습니다, 사람들이 나를 떠나는 게 싫었습니다, 발뒤꿈치에 남은 상처는 유독 오랫동안 아물지 않았습니다, 내가 머무는 계절은 항상 부족했습니다.

인연

그대는 나를 아주 잠시 스쳐 지나갔고,

나는 그것을 인연이라 부르기로 했어요,

그대에게 보잘것없고

터무니없는 것들이,

내겐 너무나도 소중했거든요.

추억과

　　동경

　　소녀는 내게서 사랑이 아닌 죄를 찾았지, 나를
부르는 낯선 목소리에 나는 수도 없이 뒤를 바라
보았지, 나의 뒤엔 늘 이름 모를 그리움이 존재했
어, 사랑을 바랐던,

　　아무짝에 쓸모없는 간절한 나의 마음은 세상
밖으로 버려졌지, 나는 소녀와 보이지 않는 실로
연결되었다 믿었는데, 소녀는 운명의 실을 고민도
없이 끊어버렸지,

살아온 날보다 살아갈 날이 얼마 남지 않은 지금, 꽃잎에 닿은 소녀의 소맷자락이 나에게 수줍다 말하네, 벼랑 끝에서 나는 소녀와의 추억과 동경을 생각하지.

당신은 영원히 몰랐으면
좋겠습니다

오래된 먼지를 털고 일어났습니다, 입안에서 피 맛이 느껴져, 몇 걸음 걷지 못하고 토해내었고, 찰스 부코스키의 《사랑은 지옥에서 온 개》를 읽었습니다,

사랑을 받지는 못하지만 사랑을 주는 것이 익숙한 나는, 어머니의 심성을 닮았다고 할머니에게 들었습니다, 그렇게 나와 닮은 심성을 가지신 분이 나를 버리고 멀리 떠나가신 것을 생각하면 나는 자꾸만 쓴웃음이 납니다,

내 몸이 쇠약해서 버려진 것이 아닐까 하고 생각도 했습니다, 그런 고민을 한참을 하고 있자면, 슬픔이 자꾸만 커져서 밤을 견디기가 힘이 듭니다, 내가 이토록 슬픔에 짓이겨 고통스러워하는 것을 당신은 영원히 몰랐으면 좋겠습니다.

강변에
다녀왔습니다

강변에 다녀왔었습니다, 언젠간 사랑하는 이와 함께 여기 살자, 혼잣말을 하였고, 기억나지 않는 밤에 대해 생각했습니다, 기억하기 싫은 기억일수록 기억은 더더욱 선명해지는 법입니다,

집으로 돌아가 책상 위에 가득 쌓인 원고를 버렸습니다, 꽤 괜찮다 생각하여 쓴 글들인데, 사실 괜찮지 않은 글들이었습니다, 그해 여름은 강변을 어느 정도 말려버릴 정도로 더웠지만,

숲의 냄새는 여전히 향기로웠습니다, 집에 와서는 〈국화꽃 향기〉라는 영화를 보았는데, 영화 안에서도 영화 밖에서도 국화꽃 향기가 나는 듯하였습니다, 그리운 사람이 많이 생각나는 그런 계절이었습니다.

예술이 그렇게
나쁜가

내가 예술을 한다고 했을 때, 고모는 예술가는 나쁘다고 말했다, 내가 반드시 실패할 거라고, 실패한다면, 가족들에게 민폐만 끼칠 것이라고 했다,

그래서 나는 나쁜 놈이 되었다, 내가 문신을 한다 했을 땐 신실한 기독교 신자였던 고모는 성경엔 문신을 하지 말라고 적혀 있으니,

나에게 차라리 도둑질을 하면서 돈을 벌라고 말했다, 내가 글을 쓴다고 했을 땐, 글은 아무나

쓰는 게 아니라 말했고, 내가 가족 이야기를 기록
하여 원고지를 완성했을 땐, 고모는 내게 가족들
흉을 보는 아주 못된 놈이라 말했다, 예술이 그렇
게 나쁜가, 나는 생각했다.

그해

여름

경북 문경에서 자라, 나는 어려서부터 산짐승
이나 작은 동물들을 어렵지 않게 볼 수 있었습니
다, 그래서 동물들과 늘 친숙하였고, 언젠가 등굣
길에 어떻게 들어간 것인지, 누가 넣은 것인지,

투명한 플라스틱 페트병 안에 하얀 쥐가 있었
습니다, 나는 쥐가 다치지 않게 페트병을 가위로
자르느라 진땀을 흘렸습니다, 그렇게 쥐를 구한다
느니 바위틈에 낀 고양이 새끼들을 구한다느니,

수레를 끄는 할머니를 돕는다느니 하는 일들이 문경에는 굉장히 잦았고, 나는 그럴 때마다 외면할 수 없어 등굣길에 늦어 선생님들에게 많이 혼이 나곤 했습니다, 때론 그렇게 혼이 나는 것을 각오하고 나는 행동을 하곤 했습니다, 내가 도시로 전학을 가고 나서부터는 그런 일이 줄어들었습니다, 도시의 여름도 문경의 여름처럼 길었고, 많이 더웠지만, 무엇인가가 달랐습니다.

어떤

　　바람

더 이상 아프지 말자는 사람들의 말을
조금은 들어주고 싶었습니다

길지 않은 사랑을
오랫동안 사랑하고 싶었습니다

나에게 다정을 건네는
사람을 믿으며 살아가고 싶었습니다

쓴웃음보다는

조금은 행복한 미소를 짓고 싶었습니다

기울어진 가난과 불행을
조금은 바로 세우고 싶었습니다

내가 사랑이라 말하는 것들을
끝까지 사랑으로 남기고 싶었습니다

나는 웃자랐으며

　　사람은 의지와는 상관없이

　　　　나를 떠나갔습니다

　　애매하게 웃자란 식물들은 자주 꺾이게 됩니다, 물이든, 영양이든 무언가 부족하다는 뜻이겠습니다, 나는 늘 세상으로부터 웃자랐습니다, 늘 무언가 부족하고 예쁘지 않은 어른이 되었습니다,

　　웃자라는 식물은 과감하게 가지치기를 해서 성장을 일단 멈추게 하면, 새로운 곁가지를 내면서 풍성하게 자라고 잘못된 자람을 바꿀 수 있다고 합니다,

나는 무엇이든 오래됨을 좋아하는 사람이라 새로움에 낯설어, 물건이든 옷이든 잘 바꾸지 않습니다, 하지만 어쩔 수 없이 바뀌게 되는 것도 있습니다, 그건 바로 사람이겠습니다, 내 의지와는 상관없이 사람들은 나를 떠나갔습니다, 나는 늘 웃자랐으며 사람이 나를 떠나면 나는 그 사람의 마음을 오래도록 마음속에 간직했습니다.

난 문장 말고는 가진 게

　　　　　　　아무것도 없어

　　어떤 여인은 백석의 시만 있으면 그 시 하나를
붙들고 평생을 살아갈 수 있다고 말했어, 나의 글
들도 그렇게 되었으면 좋겠어, 나의 문장을 껴안
고 당신이 평생을 살아갔으면 좋겠어, 나의 글 덕
분에 당신이 하루를 더 살았다고, 더 버텼다고, 그
렇게 말해줬으면 좋겠어, 이건 아주 간절한 바람
이야, 그러니깐 난 당신과 항상 함께이고 싶어, 내
가 떠나도 나의 슬픈 문장은 항상 여기 있을 거야,
그것이 나의 전부야, 난 문장 말고는 가진 게 아무
것도 없어.

어떤 사람은 내가

　　　산산이 무너지기를

　　　　　　바랐습니다

　　어떤 사람은 내가 산산이 무너지기를 바랐습니
다, 내가 딱히 그 사람에게 큰 잘못을 저질렀거나
몹쓸 행동을 한 것은 아니었습니다, 그 사람은 그저
내가 스스로 파멸하는 것을 보고 싶어 했습니다,

　　내가 얼마만큼 절망할 수 있는지 궁금해하였
고, 심약하고 슬픈 내가 얼마만큼 더 슬퍼질 수 있
는지 궁금해했습니다, 나는 그 사람을 이해할 수
없으면서도 아주 이해가 가지 않는 것은 아니었습
니다,

그 사람은 그저 나의 존재 자체를 견디기 싫었던 겁니다, 나조차도 스스로를 견디기 싫을 때가 있으니까요, 하지만 나는 마음이 약한 인간인지라, 사람이 나를 무너트리려 할 때마다, 마음 깊숙한 곳에서부터 슬픔이 요동치는 소리가 들려오면, 나는 겁이 나 늘 눈을 감아야 했습니다.

사랑을 사랑할 수 없다는 것을

　　　　　　　　　알면서도

　　나의 밤과 눈이 마주칠 때면 나는 끝도 없이 두려워졌다, 나는 나를 묻을 구덩이를 스스로 파면서도, 뜬금없이 사랑에 대하여 생각했다, 그렇게 얼마만큼 구덩이를 팠을까,

　　그 깊이조차 가늠할 수 없게 되었을 때, 나는 사랑을 원했다, 나를 사랑하면, 그 사람 또한 내가 파놓은 구덩이로 떨어져야만 하는, 그런 이기적인 사랑이었다, 그런 이기적인 사랑을 인간들은 모를 리 없다,

다들 내가 파놓은 구덩이의 깊이를 볼 때면, 지옥불이라도 본 마냥 도망쳤다, 사랑을 사랑할 수 없다는 것을 알면서도, 나는 계속해서 사랑을 찾았다, 계속해서 버려질 사랑을 찾았다, 다 쓸데없는 일이었다.

죄가 많은 인간은

    다음 생에 인간으로

        태어나지 못한다는데

가난은 계속 기울었고 제가 가진 불행도 함께 기울었습니다, 죄가 많은 인간은 다음 생에 인간으로 태어나지 못한다는데, 오히려 기쁜 일입니다, 다음 생에서 나는 새나 매미로 태어났으면 좋겠습니다,

쓸쓸히 하늘을 날거나, 미친 듯 죽을 때까지 울기만 하게 말입니다, 무너지는 걸 두려워하지 마세요, 우린 언제든지 무너질 수 있습니다, 목숨을 끊으려고 해 본 사람들은 알겠지만,

사람은 그렇게 쉽게 죽지 않습니다, 인간으로 태어나서 천천히 죽어간다는 것은 참 쓸쓸한 고통입니다, 슬픔들을 외면하다 보면 슬픔들이 애처로워져, 나는 슬픔들을 외면할 수 없어집니다, 슬픔이란 것이 끝이 없다는 것을 잘 알고 있지만, 나는 그 끝에 도달하고 싶습니다, 그리고 모든 것을 생생하게 기록하고 싶어요, 내가 본 것들을 사람들에게 알려주고 싶습니다, 그 심연 속에 깊은 우울들을 말입니다, 내가 죽어도 내가 사랑하는 당신들은 꼭 살았으면 좋겠습니다.

타락론

　　두려웠다, 내가 죽기로 결심한 날, 만약 조금 더 살고 싶어지면 어떡하지, 추잡한 목숨을 조금만 더 부지하고 싶다고 여겨지면, 나는 어떡하지, 나는 천국보다는 지옥을 믿는다,

　　동화에서나 나오는 아름답고 좋은 것들로만 가득 찬 천국 따위 믿지 않는다, 나는 천국보단 지옥이 잘 어울리는 인간이다, 나는 사카구치 안고의 타락론을 믿는다, 그래, 인간은 살아있어서 타락하는 거다,

나도 그렇고 당신도 그렇다, 모든 인간은 지옥에 가야 한다, 살아있음에 타락하기 때문이다, 그렇다고 두려워할 필요는 없다, 날개가 없어도 괜찮다, 천사가 없어도 좋다, 당신의 내면이 투명하지 않고 불순물 덩어리라고 해도 좋다, 우리 모두 아름다운 모습으로 추락하자.

코스모스

코스모스 꽃잎을 강 위에 띄우고, 나는 코스모스의 그림자를 따라가지, 소중한 사람들은 언제나 나를 찾지 않았어, 꿈속에서만 사람들은 나를 찾았어,

이제는 조금 남은 사람마저 나를 떠나버릴까 봐 겁나, 코스모스 꽃잎을 강 위에 띄우고, 나는 코스모스의 그림자를 따라가, 어디까지 나는 갈 수 있을까, 강이 끝나는 지점에 도착하면,

나는 더욱 쓸쓸해질까, 아마도 그땐 모두 나를 떠날 것 같아, 코스모스밭에서 깨어나는 꿈을 꿨어, 그곳엔 나 말고는 아무도 없었어.

아카시아

신에게 묻겠습니다, 불행을 안고 태어난 인간
에게 조그마한 행복은 사치인가요, 세상에 모든
슬픔들을 홀로 끌어안은 것만 같습니다, 숨쉬기가
버거워 세상으로부터 익사할 것 같습니다,

아무리 많은 울음을 토해내어도 당신께선 무한
한 슬픔을 내게 선사하셨습니다, 아무래도 불공평
의 불공평이지만 내 불행의 기울기가 완전히 꺾이
어, 내가 하늘을 바라볼 수 없을 때까지만 살려고
합니다,

아름다운 아카시아 꽃밭에 누워, 불행을 생각
합니다, 슬픈 아카시아 향이 나를 감쌉니다.

봄눈

스물여덟이라는 숫자가 왠지 구슬프다, 아무
래도 나는 너무 오래 살았다, 무엇이든 처음인 게
좋았는데, 미시마 유키오의 《봄눈》이라는 책의 제
목은 왠지 내게 슬프게 보였다, 내가 사는 생은 첫
생인가,

당신은 내게 첫눈일까, 만약 죽은 형이 다시 돌
아온다면, 아무도 잡지 않은 내 손을 잡아주며 내
게 같이 더 살아보자 말했을까, 언젠가부터 내가
병에 걸리는 것도 나쁘지 않다고 생각했습니다,

그것도 그거 나름대로 애처로운 법이라 애써 생을 유지할 필요는 없다고 그렇게 생각했습니다, 단지 나는 사람들에게 잊히는 게 죽기보다 두려웠습니다, 바보처럼 말입니다.

푸른

　　꿈

　　너는 꿈에서조차 내게 아프다 말했지, 도망치
고 도망쳐서 도착한 꿈속에선 사람들이 나의 무거
운 죄를 가볍게 비웃었네, 꿈속의 무지개는 여전
히 닿을 수 없었지,

　　너는 꽃다발을 잔뜩 끌어안고 나를 바라보았
어, 하늘은 망가졌고, 사람들은 고장 났지, 엉망진
창인 너의 꿈속은 우리에겐 완벽한 낙원이었어,

　　우리는 아프고 아파서, 애달프고 애달파서 서

로를 지독히도 사랑했어, 달의 온도가 바뀌면 우리는 꿈에서 깨어나 서글픈 표정을 지었지, 우리는 현실이 싫었어.

새

아침

치사량을 채울 만큼의 글을 쓰는 중이다, 그렇게 생각하니 나는 늘 쓸쓸하다, 폐가 들썩이고 말썽을 피운다, 아무래도 제 역할을 하지 못하는 듯하다,

귀의 여명이 들려 쓸모없다 여기던 치료를 받고, 여명이 사라지니 이번엔 다른 곳이 말썽이다, 두려운 밤이 찾아오면 폐가 떨린다, 내겐 멍든 밤들이 많다,

그래서 나의 하얀 밤들이 검게 변한 것이다, 멍들고 오래된 밤은 고통스러우면서도 기쁘고, 새로운 아침은 내게 슬프며, 여전히 아프다.

우스꽝스러운

    표정을 지으면서

        로맨스를 하고 싶다

유카타를 입고 불꽃놀이에 가고 싶다, 너와 함께 그 화려하게 솟아올라 허망하게 사라지는 불꽃을 보고 싶다, 우스꽝스러운 표정을 지으면서, 로맨스를 하고 싶지만, 나의 구애는 어째서인지 로맨틱한 면이 없다,

구차하고, 쓸쓸하기만 하다, 행복은 기다리면 절대 오지 않는 법이다, 반면에 불행이란 불행은 모두 다 얻어걸리는 나의 저주받은 몸뚱이는 이젠 경멸스럽기까지 하다,

    나는 검은 마음을 늘 감추고 너의 손을 잡고 허
망하게 웃었다, 이유도 없이 큭큭 대는 나를 보며
너는 아무 말도 하지 않는다, 오히려 그 점이 나를
더 수치스럽게 만든다, 너와 걷는 해변에 별이 참
예뻤고, 달은 보이지 않았다, 구름은 연기처럼 피
어올라 산맥을 더욱 검게 만들었고, 별들은 금방
이라도 자살할 것처럼 아름다웠다.

불행하다

베토벤의 말이 떠오른다 "나는 선하고 고귀한 행동을 하는 인간이, 그렇게 행동하는 것만으로도, 불행을 견딜 수 있다는 것을 몸소 증명해 보이고 싶다"

나는 악하고 고귀하지 못하니,
도저히 이 불행을 견뎌낼 재간이 없다.

사창가

아이

사창가에 아이의 울음소리가 들린다, 창녀들은 한 아이를 돌본다, 아이의 어미는 왜 출근하면서 아이를 데려왔냐며, 마담에게 꾸짖음을 당한다, 아이는 울음을 터트리고, 아이를 귀여워하던 창녀들은 이내 시끄럽다며, 아이를 던져버리라고 말한다, 창녀들의 외침에 놀란 아이는 이내 표정을 지워보지만, 터져 나오는 아이의 슬픔은 도저히 막을 수가 없다.

장난질

    나는 유서를 잘 쓰지 못했다, 정확히 말하자면 내가 쓰는 모든 글들이 유서 같아서, 어떤 말을 그 중에 골라 마지막으로 남길지 몰랐다, 아마도 나의 말들을 필사해주는 여인들이,

    내 유언을 대신 잘 말해주리라 여겼다, 언제나 햇볕이 나를 비추었는데, 나는 그 볕을 특히나 두려워했다, 병을 얻은 후 나의 방은 늘 나의 마음처럼 더럽혀졌고, 몸은 쇠약했지만,

나는 건강이 악화되는 것 말고, 그 외의 것들을 두려워했다, 세상의 것들, 그리고 인간이 만든 것들, 나열하면 끝이 나지 않는다, 나는 겁쟁이다, 살아가면 살아갈수록 한 인간의 거짓은 불어난다, 죽기엔 애매하게 할 것이 아직 남았고, 그렇다고 살아가기엔 점점 나 자신이 추잡해진다, 그렇게 밝았다가 어두워지는 전구처럼, 나는 스위치 하나를 들고, 인간의 생이란 것으로 사람들 앞에서 장난질을 하고 있다.

깨어질

　　준비

　　신의 형상을 빚어 인간이 만들어졌다면, 나 또
한 신과 닮았을까요, 그렇다면 신도 나처럼 불행
하면 좋을 텐데요, 유리로 만들어진 나의 날개는
언제나 깨어질 준비를 하고, 새벽이 오면 무언가
견딜 수 없는 기분이 들어 울먹입니다, 나의 가슴
엔 깊이 죄가 깃들어, 죄의 무게에 나는 날 수가
없어, 보들레르의 지옥으로 추락합니다, 나는 시
인의 왕좌에 앉을 수 없습니다.

바다

천사

　나의 독자 다애야, 다리를 쓸 수 없어 늘 휠체어를 타고 다니는 네가 하루 유일하게 흥미로운 시간을 보내는 건, 내가 쓴 글을 읽을 때라고 말했어, 내 글을 읽을 때는 내가 쓰는 글 안에서 걸을 수 없던 네가 뛰어다니는 기분이라고,

　너는 그렇게 말했어, 태어나 한 번도 걸어 본 적이 없는 네가, 뛰어다니는 기분이라고 말을 할 때, 과연 그게 어떤 기분일까, 상상할 수 없으면서도, 나는 과분한 감사함에 눈물이 나왔어,

너는 다리 위에서 녹이 슨 휠체어를 멈추고, 수십 번이고 뛰어내리기를 고민했었고, 손목에는 붉은 상처가 아무는 날이 없었다고, 너는 그렇게 말했어, 나는 그런 너에게 편지를 써서 보내었지, 네가 다리를 쓰지 못하는 것은 너에게 보이지 않는 날개가 있어서 그런 거라고, 너는 누구보다 멀리 날 수 있는 그런 아이라고, 내 위로가 쓸모없어도 상관없었어, 나의 모든 말들은 '정말'이었으니까, 달이 아주 낮게 뜬 날에, 바닷속에 아름답게 뛰어내린 너는 바다의 포말처럼 사라졌어, 바다에서도 천사가 존재한다면, 그건 너일 거야, 다애야, 이제 네가 아프지 않아서 다행이야.

불행을

　　　대생하면서

　　다운증후군을 앓던 양서류를 닮은 삼촌의 슬픈
손을 보며 하얗게 울었다, 잠자리에 들면 죽이고
싶은 사람들의 얼굴을 차례대로 떠올렸다,

　　하지만 나는 스스로를 죽일 수는 있어도 남을
죽일 용기는 없는걸, 웃자란 나의 슬픈 언어들이
수평선을 기운다, 더 이상 불행하지 말자는 소중
한 사람들의 말을 듣기에는, 이미 너무 많이 불행
해졌는걸,

돌이킬 수 없게, 마음 깊숙이 불행이 스며들어 버렸는걸, 선교사가 된 친구에게, 불행을 벗어나게 해달라고 빌었다, 그 친구는 내가 두려워, 내 불행이 조금이라도 자신에게 닿을까 두려워, 나를 피했다, 어쩌면 나는 행복하게 해달라고 비는 게 아니라, 아주 조금 덜 불행하게 해달라고 비는 게 나을지도 모른다, 불행한 나를 거울을 바라보면서 몇 번이고 데생하였다, 이상하다, 분명히 나는 하나인데, 여러 그림 속 나는 모두 제각기의 불행을 가졌다, 이상하다, 거울 속의 사내는 금방이라도 죽을 것 같은데, 나는 지독하게 죽지 않는다.

내게 종말을
주세요

꿈속에 말라비틀어진 검은 개는 나를 잘근잘근 씹어 먹었어요, 살점이 너덜너덜 갈라지고, 그렇게 한참을 먹는데도, 갈비뼈엔 살점이 아직도 남아있었죠, 입이 아직 잘도 달려 있는 나는 말해요, 쓸모없는 개 같으니라고, 어서 나를 흔적도 없이 사라지게 만들어줘, 마음이 급한 나는 개가 식사를 마치기도 전에 꿈에서 깨어나요, 나의 종말은 현실에서나 꿈속에서나 볼 수 없군요, 내게 종말을 주세요, 현실에서든 꿈속에서든, 나는 내가 흔적도 없이 사라지는 걸 보고 싶어요.

바람개비

나의 모든 글들은 죄가 깊다, 그러니 이 저주받은 글들은 나만 쓸 수 있는 글들이다, 지옥을 헤매는 중인데 어디선가 아이들의 즐거운 웃음소리가 들린다, 누군가 내 이름을 부르면 나는 화들짝 놀란다,

죄가 깊은 인간은 무엇이든지 두려운 법이다, 소중한 사람들은 모두 나의 손끝을 스쳐 지나간다, 나는 아련히 뒷모습만 바라본다, 수도 없이 떠나보내는 누군가의 뒷모습은 이제 익숙해질 법도

한데,

　나는 여전히 그들의 뒷모습을 보기가 힘겹다, 머릿속에선 바람개비가 돈다, 미안합니다, 미안합니다, 나의 죄에 대해 사람들에게 사과한다, 입이 열 개라도 모자란다, 어쩌면 이런 사과는 이제는 단념해야 하는지도 모르겠다, 하지만 여전히 단념할 수 없는 무언가가 내게 존재한다, 잃을 게 더 이상 없다고 여겼던 나는, 아직도 잃을 것이 남았는가, 그렇다면 나는 앞으로 조금 더 두려워질지도 모르겠다.

슬픈

　　냄새

　　어디선가 슬픈 냄새가 났다, 슬픈 인간은 슬픈
인간을 알아보는 법이다, 우리는 슬픈 냄새를 맡
고 서로에게 모인다, 슬프다는 건 슬픈 것일 뿐인
데 사람들은 이상하게도 대놓고 이 말을 입 밖에
잘 꺼내지 않는다, 나의 슬픔의 덩어리는 너무나
도 거대한 나머지, 내 주변엔 많은 슬픈 인간들이
모였다, 나는 슬픈 인간들 앞에서 조금 더 천박해
지고 싶다.

쓸모없는

우산 같은 거

막을 수 없는 것이 있다, 비는 어느 정도 우산으로 막다가도, 미친 듯이 비가 내리면, 우산이 있어도 옷은 다 젖고 만다, 내겐 인간의 관계가 늘 이랬던 것 같다, 어느 정도 관계를 유지하다가도,

조금이라도 인간들이 내게로 더 가까이 와 그 관계를 가까이하게 되면, 나는 이것을 망쳐버리고 만다, 그러면 나는 우산을 버리고, 비를 맞고 걷는 것처럼, 모든 것을 내려놓는다, 스쳐 지나가는 사람들,

나를 스쳐 떨어지는 빗방울들, 모든 게 다 애처
롭지만, 크게 상관은 없다, 어차피 비든 인간이든,
내게 다가오는 것들은 전부 내가 막을 수가 없는
것이다, 내게 세상은 늘 그랬다.

결국 모든 것들은

지워질 거라고

이마에 닿은 새벽의 공기는 수줍다, 나는 수줍음과 별개로 고개를 들지 못한다, 죄가 깊다, 기억을 지우고 싶다, 나에겐 좋지 못한 기억들이 너무나 많다,

그렇게 평생을 무언가 지우려 애쓰다가, 문득 생각이 든다, 나는 지워지기 위해 태어난 인간일까, 세상에서 가장 애처로운 것은 눈인 것 같다, 녹기 위해 내리는 눈,

꽁꽁 뭉쳐도 결국 녹아내릴 눈, 싸락눈, 봄눈 여러 가지 이름이 있지만, 녹을 땐 모든 이름이 없어지는 눈, 아 애처롭다, 나도 녹아 사라지고 싶어, 나의 이름도 기억도 모두 지워내고 싶어, 내 이름은 임현우 어머니가 지어주신 이름, 사람들은 내 이름이 예쁘다고 하지만, 아이에게 예쁜 이름을 지어주고선, 왜 아이를 버린 것일까, 나는 내 이름이 저주스럽다, 나의 이름을 눈이라 불러줘, 결국 모든 것이 녹아 사라질 거라고, 그렇게 말해줘.

썩은

과일

나는 늘 사랑을 망쳤다, 과일에 비유하자면 난 온전히 썩은 부위의 과일이었다, 붙여진 채로 그대로 둔다면 함께 빠르게 썩어버리는, 그러기에 칼로 재빨리 도려내야만 하는 그런 불결한 존재였다,

그럼에도 나는 사랑을 하고 싶었다, 나는 이기적인 인간이었다, 하지만 썩은 내를 풍기는 인간을 다른 인간들이 알아채지 못할 리 없다, 나는 내 썩은 내를 재빨리 감추었지만,

인간들은 나의 모든 것들을 재빨리 알아내, 나를 칼로 도려내었다, 나의 푸른 심장도 함께 도려내었다, 단단히 박혀있는 심장은 한 번에 도려내어질 리가 없어서, 나는 많이도 아팠다, 사랑을 망치는 것은 항상 내 쪽이었는데, 상대방이 나를 오래 견디면 견딜수록 환멸은 빠르게 찾아왔다, 그럴 때마다 나는, 사랑하는 이에게 나를 과감히 도려내어달라고 말했다.

꿈의

집

꿈의 집이 있습니다, 그곳에선 난 고아로 태어
났습니다, 그러니 허락 없이 놀러 오셔도 됩니다,
슬픔은 안방에 있고, 불행은 집 오른쪽에 있습니다,

언제든지 오셔도 됩니다, 고아는 늘 외로운 법
입니다, 저는 슬픔을 먹고 자랐습니다, 집엔 인간
들이 먹을 수 있는 건 딱히 없습니다, 그리고 집엔
거울이 없습니다,

거울 속 추잡한 또 다른 나를 보기 싫어서입니

다, 미안합니다, 꿈의 집엔 없는 것이 제법 많습니
다, 다만 슬픔은 안방, 불행은 오른쪽입니다.

하나뿐인

　　검은 것

　싸락눈이 내리는 날, 그림자를 떨어트리고 날아가는 새들의 적막 뒤에서 나는 서글프고 서글퍼서 울상을 짓는다, 늙은 할머니는 어두운 부엌으로 들어가 밥을 짓고,

　별과 별 사이로 바라보는 달이 살구나무에 걸렸다, 우리는 가난하고 가난해서 자꾸만 울음을 뒤로 삼켰다, 할머니가 삶은 달걀은 눈처럼 새하얗고,

이 하얀색뿐인 마을에 검은 것은 나 하나뿐이
다, 그리 생각했다, 마을 어귀 너머로 개가 짖는다.

외로운 건 그저

　　　외로운 거야

　　사람들에게 내가 외롭다 말하면 사람들은 내게
무슨 일이 있느냐 물었어, 꼭 무슨 일이 있어야 외
로운 것도 아닌데 말이야, 그저 나는 흐르는 시간
속에는 늘 외로움은 존재한다고 생각해,

　　시간은 내 뜻과는 상관없이 흘러가, 나는 외로
울 땐 아무 이유 없이 택시를 타고 무작정 한강을
가곤 해, 서울에 한강이 없다면 서울은 얼마나 보
잘 것이 없어 보일까, 나는 생각해,

사람과 말을 섞는 게 두려운데, 그날은 유독 택시 아저씨가 말을 많이 걸었어, 나와는 전혀 상관없는 멀리 유학을 보낸 택시 아저씨의 아들 이야기였지, 공감대가 전혀 없었지만, 나는 아저씨 말에 대답을 해주었어, 나도 아저씨도 많이 외로운 것 같았거든, 그렇게 한강에 내리고 아저씨에게 감사하다고 인사를 했지, 신호가 막혀 요금이 많이 나와 미안하다고 말했지, 미안해할 필요 없는 일에 미안하다고 말하는 사람들은 다정이 몸에 배긴 거 같다는 생각이 들어, 어두운 밤에 한강은 여전히 아름다웠어, 사람이 그렇게나 많은데도 나는 왠지 외로웠어, 사람들의 웃음소리, 연인들의 목소리, 강아지들이 짖는 소리, 모든 것이 조금 쓸쓸하게 들렸어, 나는 다시 또 쓸쓸함을 느끼러 한강을 찾겠지, 늘 쓸쓸하고 외롭다고 말하면, 사람들은 내게 왜 쓸쓸하냐고 다시 이유를 묻겠지, 나는 그 이유를 모르겠다고 다시 대답할 거야, 그래 외로운 건 그저 외로운 거야.

시와

　　당신

　죽어가는 시를 붙들고 운 적이 있다, 시와, 시 사이에 당신과 내가 있다, 문장을 쓸모없는 문장이라 칭하는 것은 너무 애처롭다, 이렇게 아무런 목적도 없는 시는 어디론가 버려지는 것일까, 나의 시는 어디로부터 어디로 가고 있는 걸까, 어째서 이 죽어가는 시들이 당신에게 읽히는 것일까, 나에겐 늘 시가 있고 당신에게도 늘 시가 있다, 시와 시 사이의 간격이 너무 멀어 당신과 나의 간격이 너무 멀어, 나는 오늘도 죽어가는 시를 붙들고 운다.

깨어지지 않고

　　　　남은 것들

　　내가 만드는 불행들은 너를 살게 만들었고, 불
행은 나를 시인으로 살게 만들었다, 불행을 평생
노래해야만 하는 그런 시인, 불행을 견디는 동안
폐엔 결절이 생겼다,

　　치료를 견디는 병원에선 적막이 계속되었다,
그곳에선 간절히 살고 싶은 사람들만 있었다, 모
순적이게도 나는 간절히 살고 싶지 않았지만 그곳
에 있었다,

유리를 곁에 두면 위험한데 내가 좋아하던 소녀의 동공은 유리처럼 빛났다, 순결하고 투명한 것들은 깨어진다, 내가 꿈속에서 만들었던 얼음 숲도, 소녀의 동상도, 모두 깨어진다, 투명한 행복, 내가 좋아하던 소녀의 투명한 웃음, 그렇게 모든 투명한 것들이 깨어지고 남는 것은 불순한 불행과 깨어지지 않는 슬픔들뿐이다, 병원에선 흐릿한 적막이 계속되었다.

분리된 빛과

       시간

    고아원 화원에 조경된 나무들 사이로 빼꼼히 얼굴을 내미는 소년, 오른쪽을 바라보면 우뚝 솟아있는 백색 성당은, 소년의 발가락을 오므리게 만들었고,

    소년은 죄를 짓지 않았지만 죄를 지은 기분이 들었다, 그렇게 어른이 된 소년은 과거를 회상하며 사랑하는 여인에게 말한다, 죽고 나서 지옥으로 가면 그곳에서도 글을 쓸 수 있을까,

당신은 그곳에서 기억을 잃어도 나를 다시 사랑할 수 있겠어요? 분리된 빛과 시간 속에서 우린 울부짖겠죠, 부르르 떨리는 여인의 입술을 매만진다, 이 여인은 분명 나를 두려워하고 있다.

내가 상냥하면

　　　　슬퍼집니다

.

　살아간다는 게 참으로 쓸쓸하게 느껴집니다,
내가 끝없는 우물 안으로 떨어지면 친숙한 얼굴들
이 나를 내려다보아요, 아무도 나를 건져 올려주
지 않죠,

　내 불행의 무게가 무거울까 봐, 자기 자신도 떨
어질까 겁이 나서겠죠, 나를 선생님이라고 부르는
자들은 내게서 무엇을 배운 적이 없어요, 그들이
원하는 것은 무엇인지, 나는 그들에게 줄 것이 아
무것도 없어요,

선생님, 선생님, 나는 그 말을 들을 자격이 없는 놈이에요, 제 책을 읽어주세요, 제 책을 읽어주세요, 나는 그렇게 구걸하는 놈이에요, 추잡하고 더러운 인간이라도 좋아요, 불행도 슬픔도 좋아요, 어차피 피할 수 있는 것들은 하나 없는걸요, 나는 그저 뭐든 상냥한 게 좋고, 애처로워서 나의 모든 게 상냥했으면 좋겠어요, 상냥한 불행, 상냥한 슬픔, 내가 상냥하면 슬퍼집니다.

소모

　　나는 어렸을 때부터 늘 쇠약했었다, 잔병치레
가 많았고, 심장벽이 약해, 조금만 빠른 걸음으로
걸어도 걷던 걸음을 멈춰서 거친 숨을 내뱉어야
했다,

　　아프지 말자는 사람들의 말은 내게 사치였고,
오랜 바람이었다, 이상한 점 한 가지는 그렇게 잔
병치레가 많았으면서도, 난간을 헛디뎌 응급실에
실려간 적 말고는 쓰러진 적이 없다,

그렇게 쇠약하다 하면서도 사실 나는 강할지도 모른다는 생각에 우쭐거린다, 밤에는 몸에 한기가 돌아 웅크려 홀로 울음을 삼켰다, 아프지 말자, 건강하게 자라다오, 꿈속에서 어머니의 말이 들렸다, 나도 모르게 어머니가 그리워졌다, 원래 한 번도 만나지 않은 사람이 가장 그리운 법이다, 너무 빨리 자라 어른이 된 나는 더 이상 내게 아프지 말자고 다짐하지 않는다, 언제든지 아파도 좋다, 다만 남은 순간들을 후회 없이 모두 소모하고 싶다.

투시자

랭보처럼 시인들의 책상에 오줌을 갈기고 싶
다, 볕이 좋다는 당신에게 볕을 주었다, 너무 많은
볕을 주어 당신은 타 죽어가는구나, 적갈색 스카
프로 매어진 당신 목의 스카프를 푸니,

당신의 새하얀 목이 드러난다, 나는 붉은색을
좋아하니, 다음부턴 붉은색 스카프를 매고 오도록
해, 그렇게 건방진 시인은 술에 잔뜩 취해 시인들
의 잔치에 행패를 부리고, 무슨 춤인지도 모르는
추한 춤을 춘다,

당신은 내가 부끄러운지, 일찍이 어디론가 사라졌다, 나는 급하게 재킷 안에서 약을 꺼내어 입에 털어 넣는다, 치료를 위해 복용했던 약들은 중독이 되어버렸다, 시적 언어를 투시하면 나는 그 시인을 읽을 수 있었다, 시인의 내장과 뇌도 문장을 통하여 다 보이는 듯하였다, 내가 읽은 시인들의 시는 죄다 투명했다, 결국 자신들이 지은 시들이 스스로를 망치게 될 것이라는 걸, 그들은 모르는 듯하였다, 나는 오줌을 누고, 춤을 추며, 쓸모없는 말을 잔뜩 하고선 그곳을 나왔다, 나의 평판따위는 아무럼 상관없었다.

슬픔, 기억,

　　환상통

　　어떤 슬픔은 소란하지 않는다, 나와 죽을 각오
로 사랑하자는 귀족 아가씨, 안녕, 나는 곧 죽을 건
데 같이 죽어줄래요, 내 두 눈을 보고 말해 봐요,

　　그리운 사람들을 생각하며 쓸려 다니는 기억은
흉터가 되었다, 그리움은 사라지지 않아,

　　까치발을 들고 내게 키스를 해줘, 나를 사랑하
겠다면 나와 함께 몰락해줘, 우리 소란스럽지 않
게 추락하자,

아침이 되면 사라질 것들을 위해 두 손 모아 기도하자, 우리, 우리가 사라지면 누가 우리를 위해 기도해주지,

이건 비밀인데, 나는 당신이 생각하는 것보다 훨씬 추잡한 인간이에요, 이래도 나를 안 떠날 거예요,

절단된 슬픔들은 환상통을 품고, 더더욱 큰 슬픔이 되어 우리에게 돌아올 거예요, 감당할 수 있겠어요, 내 곁에 있으면 당신은 불행할 거야, 불행해질 거야, 아니 이미 불행할지도 모르지,

슬픔이란 놈은 다리를 잘라도 걸어요, 죽어도 끝도 없이 다시 태어나요, 그래요, 나는 슬픈 인간이에요, 내 입술을 피하지 마세요.

첫 숨과
　　　　추억

　아이가 태어나 첫 숨을 쉬었을 때를 어머니는
기억할까, 죄 많은 마음은 어떻게 잠을 청하는지
아니?, 아이는 떨리는 마음으로 밤을 지새우는 날
들이 많았어,

　죽어가는 아이의 숨소리 위에 누군가 눈물을
흩뿌리고, 아이는 쇠약하게 자라나, 아이의 시를
읽어주는 사람들과 밤을 나누어 가졌지, 꿈결에
스치는 바람에도 아이는 아팠어,

내가 이 세상에 태어난 이유를 어머니가 말해 줬으면 좋겠어, 영원히 닿지 않을 어머니, 꿈속에서 상상으로 만든 쓸모없는 어머니와의 추억들, 이제 와서 용서가 필요할까, 그저 흔적도 없이 사라지고 싶어, 누군가 나를 위해 쓸모없는 기도를 하지 않기를 바라, 나는 분명 지옥에 갈 거니까.

쩨나
　　괜찮은 글

　　어떤 이는 내 글이 역겹다고 말했다, 분노가 글자 하나하나에 담겨있는 더러운 글이라 말했다, 내가 글과 함께 그려놓은 삽화는 구토를 유발한다 말했다, 내 글은 세상에 미움을 많이 받는다,

　　어떤 이들은 내 글이 자신을 살게 만든다고 말했고, 어떤 이들은 내 글을 읽는 게 유일한 낙이라 말했다, 사람들은 이렇게나 다르고 저렇게나 다르다,

　　그렇지만 적어도, 내가 쓰는 글이 생명을 한 명

이라도 살릴 수 있다면, 그 글은 꽤나 괜찮은 글이
아닐까, 사람들이 나를 너무 미워하지 않으면 좋
겠는데, 나는 불행한 글을 쓴다는 이유만으로 많
은 미움을 받는다, 그리고 때로는 사랑받는다, 마
지막 숨을 뱉을 때까지, 나는 보잘것없는 글을 계
속 쓰려고 한다.

순백의

　　　죄

　　내 죄를 빨래처럼 새하얗게 만들고 싶다, 그리
고 그것을 순백의 죄라 부르고 싶다, 내 죄를 빨더
라도 죄의 주름만은 선명히 남겠지, 나는 더러움
을 도저히 지워낼 수 없는 인간이니,

　　빨래를 두드려 내장을 곧게 펴낼 거야, 손가락
을 목 깊숙이 넣어, 안에 더러운 것들을 게워낸다,
술을 마시고, 더러운 죄들을 다시 입안 가득 넣는
다, 이것이 바로 죄의 굴레가 아닐까,

인간은 죄를 짓고 회개하고 죄를 짓고 또다시 회개한다, 결국 천국에 들어갈 인간이 마지막까지 회개를 한 인간이라면, 나는 회개보단 죄를 많이 짓는 인간이니, 확률상으론, 지옥으로 갈 확률이 높다, 시인의 말장난은 때론 뱀처럼 감미롭게 들리기도 하지, 어때 지금 내가 하는 말이 그저 말장난으로 들려?, 나와 함께 지옥으로 가지 않을래?

마지막

　　에고이즘

　　어떻게든 나는 평범한 삶을 살려고 나를 더욱
더 슬프고 구차하게 만들었다, 늘 그렇듯 평범한
게 가장 어렵다 나는 평범하게 살려고 노력했다,
그것도 아주 많이 말이다,

　　하지만 나는 평범한 삶을 살 운명이 아니다, 나
는 불행을 타고난 것이다, 고통도 불행도 너무 무
겁다, 나에게 사랑이 허락된 건 그나마 다행인 것
이다, 하지만 그 사랑조차도 길지 않다,

구차하고 촌스럽기 짝이 없다, 나는 철면피라 얼굴에다 두꺼운 판을 깔고, 사랑을 구걸한다, 나는 나쁜 인간, 나쁜 인간이다, 나를 사랑하는 사람들은 나를 착한 사람이라 말한다, 나는 또다시 그것을 아이러니라 말한다, 나는 나를 믿는 사람들을 죄다 바보로 만드는 재주가 있다, 분명 지옥에 떨어질 재주다, 사람들에게 상처를 주기 싫다, 모순적이지만 그렇다, 하지만 나는 가시투성이라, 많은 사람들을 다치게 만든다, 이런 삶은 역시 구차하다, 하지만 사랑을 하면 살고 싶어진다, 그러니 사랑을 하지 않는 것이 나을까, 아니면 그녀를 향한 나의 마지막 에고이즘을 펼쳐볼까.

불행은

　　따뜻하다

　　너에게 묻어나기에는 나는 너무 초라하고, 더러웠다, 우리는 애절한 이야기를 나누며 서로가 가진 불행에 대하여 말했다, 우리의 불행은 온통 사실이 되었고 우리의 행복은 온통 거짓이 되었다,

　　나의 불행도 너에게 묻어날까 겁이 났지만, 이제는 온통 묻어 버려, 아무 소용이 없다, 내겐 불행을 모는 악귀라도 붙어있는 것인가 내게서 떨어지지 않고, 나의 가랑이를 지독히도 붙들고 있다,

나는 태어나자마자 환자로 태어났다, 불행의 병이란 병은 모조리 얻어걸린 듯하다, 나는 놀고 있지만 지옥을 헤매는 중이다, 의사들은 신이 아니라 사실 멍청이들이다, 세상엔 멍청이들이 가장 많은 돈들을 벌고 있다, 그러면 나는 천재라 늘 가난한가?, 내가 경외하던 작가들은 죄다 가난했다, 오늘은 그만 쓸 때가 됐다, 그래 모두가 한결같다, 한결은 따뜻한 말이다, 불행도 마찬가지로 따뜻하다.

2 _____ 흐려지는 것들에게
들려주는 사랑

당신의 잔상은

　　　　나를 슬프게 만들었다

　　당신이 내 곁을 떠난 적이 있다, 당신은 바로
사라졌고, 나는 당신이 사라진 자리를 홀로 맴돌
았다, 당신은 많은 시간을 헤매이다, 내게로 돌아
왔고, 우린 다시 만났다, 당신은 많이 힘들었다며
눈물을 글썽거렸다, 나는 아무 일도 없었던 거라
며, 당신의 작은 등을 토닥여 주었고, 당신이 떠난
후, 당신의 잔상은 당신이 떠난 자리에 오래도록
남아 나를 슬프게 만들었단 말은 당신에게 하지
않았다.

당신이 그린 그림은

늘 아파 보였다

　　당신이 그린 그림은 늘 아파 보였어, 그래서 난 당신의 그림을 똑바로 바라보기가 힘들었지, 내가 그리는 정물화는 늘 완성되지 않았어, 아파 보이는 그림과 완성되지 못하는 그림으로, 우리 함께 그림을 그리자 말했어, 우리 함께 그린 그림을 저기 저 벽에 걸자 했지, 사람들에겐 턱없이 부족하고 우리에겐 덧없이 완벽한 아픈 그림을 그리자 그렇게 말했어, 우리는 오래도록 아팠고, 그림을 완성하는 동안은 오래도록 함께 있었지.

우린 인간답지 않으면서도

　　　　　　　　　가장 인간다웠지

　　새벽에 불행이 밀려올 때면 우리는 서로의 눈
을 가려주었지, 우리는 인간에 대하여 생각했어,
무엇이 가장 인간다운 것일까? 그 결론에 도달한
다 한들 우리는 전혀 인간답지 않았지,

　　유일히 우리가 인간임을 느낄 때는 슬픔을 느
낄 때였어, 기억나니, 언젠가 너는 모든 사랑은 이
별을 내재한다며, 나를 한참이고 밀어내었지,

　　나는 이별 또한 사랑이고 네가 떠나고 남은 흔

적 또한 사랑이라고 너에게 말해주었지, 어쩌면 우리는 인간답지 않으면서도 가장 인간다웠지, 그 것은 참 괴로운 일이었어.

여름의 끝자락에서

　　　　　낡은 사랑을 바라보다

　　소매 끝이 아려오는 어느 여름의 끝, 흔들리는 전차 안에서도 너의 동공은 흔들리지 않았고, 우리는 창문 너머를 바라보았지, 지루한 풍경은 계속됐어, 우리는 동공으로 서로를 비추고 있어,

　　정신없이 달리는 자전거로 낡아빠진 하루를 지나오면, 우리의 행색은 초라하지만 둘이 하나가 되어 떨어질 리 없었지, 시시한 꽃다발을 잔뜩 너의 손에 쥐여주며,

낡아빠진 하루를 우린 낡은 사랑으로 가득 채웠지, 우린 같은 곳을 바라보며, 내가 바라보는 달도 너의 달이 되었지, 푸른 잿빛의 하늘과 케이크처럼 조각난 달이, 우리를 감싸 안아 주었지.

레몬인지 오렌지인지

묻지 말아 줘

　　사람에게 상처받아 사람을 믿지 못하는 너에게 나를 믿으라 말했던 건 이기적인 행동이었을까, 너에게 레몬을 줄까 오렌지를 줄까 고민하던 나의 사랑은 어쩌면 레몬도 오렌지도, 모두 다 같은 사랑이 아니었을까, 손을 쓸 새도 없이 당신의 마음이 내게서 멀어졌을 때, 노랗게 낡아 바래진 우리의 사랑은 형태를 알아볼 수 없었지만, 나는 사랑을 꼭 씹었고, 더 이상 당신에게 레몬인지 오렌지인지 묻지 않았지.

우리 함께 사랑할 순

없겠습니다

잊어야 할 것과 지워야 할 것 사이에 당신이 있었고, 당신이 가장 먼저 할 일은 나를 떠나는 것이었습니다, 햇빛이 내려, 볕이 있었지만, 당신의 얼굴은 늘 어두웠습니다,

당신이 떠나고 난 후 내가 처음으로 답장한 편지에는 눈물 자국으로 잉크가 번져있었습니다, 젖은 편지 위에 쓰는 사랑은 늘 내 가슴을 천천히 찢으며 나는 그 위에 우리 함께 사랑할 순 없겠습니다,

라고 적었습니다, 편지에 사랑이란 글자가 눈물로 번져 사라져도, 우리 함께할 순 없겠습니다라는 말은 매한가지였습니다.

바다가 보고 싶다는 말은

마음이 아프다는

뜻이었다

까닭 없이 당신의 손끝을 매만지고 싶은 날입
니다, 나의 고열은 이틀 동안 멈추지 않았고 당신
은 겨울 무를 꺼내어 뭇국을 만들어 주었습니다,
나는 뭇국을 입에 털어 넣고선, 쓸쓸함이 몰려왔
습니다,

새하얀 무를 입안에 넣고, 무를 씹었습니다, 당
신이 가장 먼저 할 일은 나를 떠나는 것이라 말했
습니다, 나는 사랑을 망쳐버리는 재주가 있습니
다, 그래서 사랑을 망치기 전에,

    사랑하는 사람에게 상처를 주어버리기 전에, 당신에게 나를 떠나라 말했습니다, 간혹 당신이 바다를 보고 싶다 말하는 말이 당신의 마음이 많이 아프다는 뜻이라는 것을, 당신과 여러 번 바다를 가고 나서야 알게 되었습니다, 나를 떠나 달라 말을 했을 때 당신은 바다에 가고 싶다 말했고 당신은 바다가 되어 내게서 가장 멀리 떠났습니다.

그 끝에서 너와 내가

　　　　우리가 아니게 되더라도

　　우리가 오래전 나눈 말들은 버려지지 않았고, 나는 늘 당신을 버스 정류장까지 데려다주곤 하였는데, 버스가 떠나고 슬픔이 떠난 자리에는 또 다른 슬픔이 있었습니다,

　　버스를 타고 내리는 사람들 사이로 당신이 살짝씩 보이면, 나는 당신에게 미소를 지어주었고, 버스가 떠나면 나는 쓸쓸히 발걸음을 돌렸습니다,

　　나는 버스를 타면 목적지 없이 종점으로 가는

버릇이 있습니다, 멀리만 가면 내 모든 감정들을 내려놓고 가는 듯한 기분이 들어, 나는 최대한 멀리 가는 것을 좋아했어요, 그 끝에서 너와 내가 우리가 아니게 되더라도.

너라는

평정심

감정 기복이 심한 나는 무언가 불안하고, 감정이 깊어지는 새벽이 몰려올 때면, 평정심을 찾으려 항상 너를 찾았지, 이 이기적인 습관들을 고치려 노력했지만, 고치기가 쉽지 않았어, 나의 깊고 썩어가는 감정들이 분명 언젠가 너를 다치게 만들거라는 생각이 들었을 땐 미치도록 너를 찾고 싶었지만, 나는 그럴 수 없었어.

미인은

　　　빨리 죽는다고

　　미인은 빨리 죽는다고 들었다, 나는 미인인 네가 죽을까 봐 늘 고심초사였다, 너는 뇌졸중을 가지고 있었다, 조금의 흥분에도 너는 툭 하고 쓰러졌다, 노트에는 알 수 없는 날짜들이 가득 적혀 있었는데,

　　네가 마지막으로 정신을 잃고 쓰러진 날짜들을 기록해 놓는 것이라고 말했다, 나는 너를 사랑했고, 너도 나를 사랑했지만, 나는 너를 애인이라 부를 수 없었다,

너는 몸이 쇠약해서, 애인을 만드는 것은 무책
임한 행동이라고 내게 말했다, 하지만 나는 너를
많이 사랑한다, 이미 사랑을 저질러 버렸다, 사랑
이란 물감에 닿여 온통 번져져 있다, 그 위에 어떠
한 색을 섞어도, 사랑의 색채는 바뀌거나 지워지
지 않는다, 나는 네가 왠지 꼭 죽을 것 같았다, 그
럼에도 나는 너를 계속 사랑하고 싶었다, 끝까지
너의 곁을 지켜주고 싶었다, 나의 생도 그리 길지
않을 테니까, 비슷한 처지에서 네가 조금 더 애처
로울 뿐이라고 나는 생각했지만, 착한 너는 나를
계속해서 밀어냈다, 폐를 끼칠 수 없다며 말이다,
나는 너의 말이 너무나도 슬펐다.

설탕

　　나는 당신에게 해로워, 그러니 가까이하지 않
는 게 좋을 거야, 해로운 게 필요하다면 내 곁에
머물러도 좋아, 당신을 따뜻하게 해줄게, 불행도
나도 분명 따뜻할 거야, 나의 모든 감정들이 녹아
서 당신에게 내가 스며들면, 그땐 당신도 나처럼
해로워지겠지, 나는 당신을 찾을 수 없어도, 당신
은 언제라도 나를 찾아낼 수 있을 거야, 외로움과
괴로움을 붙들고 내가 비명을 질러도, 당신은 그
저 구경만 하는 편이 좋을 거야.

달콤한 것은

위험한 것이구나

어릴 적 달콤한 붉은 사탕을 입안에서 굴리다가 기도가 막히어 죽을 뻔한 적이 있었다, 그때부터 나는 달콤한 것은 위험한 것이구나 생각했다,

내겐 사랑도 비슷한 개념이었다, 달콤하지만 나의 목을 천천히 졸랐다, 나는 늘 가난했다, 사랑에도 돈이 필요했다, 주머니에 든 것은 지폐 몇 장뿐이었다, 돈이 없었던 나는 사랑을 하면서도 진땀을 흘렸다,

그럴 때마다 너는 무기력한 나의 손을 잡아주며, 공원을 걷자 말했다, 어릴 적 사탕을 깨물어 먹다가 그 조각에 혀가 베였다, 달콤하고 쌉싸름한 맛이 났다, 사랑도 깨물면 비슷한 맛이 나려나, 생각했다.

나의 외로움이

　　　　당신을 보고 싶었다

늘 외롭고 당신이 보고 싶었다, 아니 정확히 말하면 나의 외로움이 당신을 보고 싶어 했다, 당신과 내가 바쁜 하루가 끝나면 모든 감정들이 솔직해지고 겁이 없어지는 새벽이 좋았다,

나는 당당하게 당신을 숨김없이 좋아할 수 있었으니까, 우리는 숨김없이 서로를 좋아했고, 그토록 차갑고 두려운 새벽은, 우리가 가장 기다리는 시간이 되었다, 나의 숨이,

나의 곁에 머물던 공기가 돌고 돌아서 당신에게까지 닿을 것만 같았다, 우리는 아무 말 없이 새벽을 사랑하고 서로를 좋아했다, 있잖아, 나는 당신을 숨김없이 좋아할 수 있는 새벽이 좋아, 나는 당신을 좋아한다는 말을 그렇게 수도 없이 말하게 되었다, 사실 그 말은 당신을 사랑한다는 말이었다.

장마가 끝나면

당신이 돌아오겠지

　욕실에서 알몸으로 베토벤 7번 교향곡을 들었고, 침대로 가 선잠에 들었다, 꿈에선 내가 머물던 고아원의 정원이 선명하게 보였다, 마치 그때로 돌아간 것처럼,

　한 가지 다른 점이 있다면 심어진 많은 식물들은 현실에선 살아있었지만 꿈속에선 모두 시들어 있었다, 꿈에서 깨어나 당신의 등을 볼 때면 왠지 슬퍼졌다,

당신의 뒷모습이 내게서 멀어져 깨어질 때면
장마가 시작되었다, 장마가 시작되면 당신은 늘
어디론가로 떠나곤 하였다, 나는 아마 장마가 끝
날쯤 당신이 돌아오겠지 하면서 낡은 의자를 창고
에서 꺼내어 당신을 기다렸다.

계절 같은

사랑을 했습니다

나는 겨울에 있었고, 너는 여름에 있었다, 우리는 늘 스쳐 지나가는 계절이었다, 보고 싶다, 보고 싶다고 말하며, 계절의 끝자락에서 우리는 서로를 바라보았다, 나의 시간은 너의 시간이고 너의 시간은 나의 시간이길 바랐다, 우리는 늘 엇갈렸고, 계절 같은 사랑을 했다, 잠깐의 너와의 스침에 나는 내 전부를 내놓을 수도 있었다, 너의 손가락 끝이 내 손가락 끝에 닿을 때 우리라는 계절은 소멸했다.

그래도

　　　될까

　　나는 당신을 바라보는 것을 잘한다, 당신의 눈
을 맞추는 것을 잘한다, 당신의 말을 들어주는 것
을 잘한다, 잘하는 거 하나 없었던 내가, 이렇게
많이 바뀌었다, 당신에게 슬퍼하지 말라고 나는
말하지 않는다, 나는 당신의 슬픈 모습도 좋다, 그
러니 가끔은 울어도 좋다, 창문을 닫고, 이불을 덮
어쓰고 펑펑 울어도 좋다, 당신의 슬픔은 아름답
다, 이렇게나 아름다운 당신을 내가 가져도 될까.

나는 최선을 다해

　　　당신을 사랑했어요

　　나는 욕심이 많아서 당신의 사랑을 원하고 또 원했어, 내가 당신에 대한 글을 쓰면 당신은 옆에서 나를 빤히 바라보았지, 가끔은 당신의 사랑스러움을 글로 다 표현하기엔 부족해서 답답할 때가 있어,

　　나는 당신을 완벽히 표현할 때까지 글을 쓰고 또 쓰게 될 거야, 문장과 문장을 이어서 그 문장들이 온통 우리의 사랑을 가리킬 때, 나는 최선을 다해 당신을 사랑했다 말할 수 있을까.

우리의 사랑을

　　　　과거라 부르지 않아도 될 텐데

새들이 부리에 슬픔을 물고 오는 계절에 나는
당신 곁에서 사랑을 속삭입니다, 나는 당신을 사
랑한다고 말하였는데, 당신은 두 귀를 막았습니
다, 우리 죽기 직전까지 사랑하자 말했었는데,

당신은 두 귀를 막았습니다, 내가 사랑이라 부
르는 당신이 나를 더 이상 사랑이라 부르지 않아
도 나는 당신을 지독히도 사랑하겠다 말했습니다,

나를 결국 슬프게 만들 당신이라도, 나는 당신

을 슬프게 만들지 않겠다고 말했습니다, 우리 영원히 사랑하자고 약속했었는데요, 우리 서로의 모든 것을 가장 가녀린 손가락에 걸었었는데요,

내일이 오지 않았으면 좋겠습니다, 그러면 우리의 사랑을 과거라 부르지 않아도 될 텐데 말입니다.

끝이 있기에
소중한 것

내가 당신에게 아무것도 바라는 게 없다는 말은 사실 거짓말이에요, 그렇다고 내가 주는 사랑만큼 돌려달란 말도 아니에요, 그냥 조금씩 조금씩 나를 어제보다 더 사랑해주면 돼요, 그렇다고 너무 애쓸 필요 없어요, 우리의 끝을 알 수 없어도, 우리의 끝이 이별이라 당신이 믿어도, 끝이 있기에 지금 이 순간이 소중하다고 믿어요, 그래서 난 당신을 최선을 다해 사랑할 수 있어요, 그러니 오늘은 사랑한다고 말해줘요.

굳이 문자 메시지를 두고

굳이 편지를 썼습니다

우리의 세상은 너무 발달되었고, 손으로 무언가를 쓰는 일도 자연스레 줄어들었습니다, 나는 사랑하는 사람에게 편지를 쓰는 것을 좋아하곤 했는데, 편지를 써서 그 사람의 집에 보냈을 땐,

문자 메시지를 보내면 될 걸, 왜 편지를 쓰냐고 빈축을 사기도 했지만, 나는 손으로 편지 위에 그 사람을 위해 글을 쓰는 행위가 즐거웠습니다, 편지를 쓸 때는 온전히 그 사람만 생각할 수 있습니다,

그리고 글씨를 쓸 때 나는 글씨를 잘 쓰지 못하여, 조금 더 제대로 쓰려고 한 글자 한 글자 눌러 쓰는 버릇이 있는데, 이것이 조금 더 마음의 진정성을 보여주는 것이라 생각합니다, 물론 그런 섬세한 부분까지 사랑하는 이가 눈치채진 못하겠지만, 나는 나만의 방식으로 온 마음을 다해 사랑을 하는 일이 좋았습니다, 그래서 나는 굳이 문자 메시지를 두고 굳이 편지를 썼습니다, 굳이 사랑을 하기 위해서요, 내겐 그런 일들이 전부 같이 느껴졌습니다.

낮은 우리에게 너무 경박스럽고,

소란스럽지

낮은 우리에게 너무 경박스럽고, 소란스럽지,
병신처럼 난간에서 한참을 고민을 하면서 벌벌 떨
다가 발을 헛디뎌 추락하던 어린 시절을 기억해,
아직 밤이라 부르기엔 세상은 내겐 너무 밝지,

너에게도 그렇니, 너도 세상으로부터 끝없이
추락하고 있는 거니, 떨어지는 너를 눈빛으로 끝
까지 잡아줄게, 그러니 너는 사람들의 잔인한 눈
빛 때문에 목을 매달지 마,

그러다가 정말 어두운 밤이 우리에게 다가오면 연꽃이 만발하는 연못가로 널 데려가 줄게, 어디선가 소리 없이 바람이 불어오고, 우린 이 쓸모없는 세상을 아주 잠시동안 즐기는 거야, 내 손을 놓지 마, 내가 다른 세상을 너에게 보여 줄 테니.

고운 꿈만

　　　꾸기를

　고운 우리는 서로의 밤을 꼬옥 안아 주었다, 서
로를 끌어안으며 네가 다듬을 수 없는 악몽을 내
가 다듬어 주었다, 네가 악몽을 꾸고 눈을 뜰 때
면, 나는 너의 머리를 쓰다듬어주었다,

　그러면 너는 마음 편히 다시 잠에 들 수 있었
다, 너의 곁에 내가 없는 지금은, 넌 어떤 꿈을 꾸
고 있을까, 너를 괴롭히던 악몽은 여전할까,

　악몽을 꾸다 새벽에 눈을 뜨면, 너는 어떻게 다

시 잠에 들까, 네가 온통 흔들어 놓은 내 마음은, 앙상한 가지처럼 텅 비어있다, 네가 없는 계절은 내게 언제나 겨울이지만, 고운 당신은 따뜻하고 고운 꿈만 꾸었으면 좋겠다.

그것으로

        되었습니다

장마는 애절하게도 구부러졌습니다, 분명 서로 안엔 서로가 있었지만, 왠지 늘 혼자 있는 기분이었습니다, 당신이 언제라도 쉴 수 있게 낡은 의자를 빼놓았습니다,

이번 여름에는 장마가 길었어도 우리의 생은 점점 짧아지는 듯합니다, 우리는 장마가 구부러지는 날 잠깐씩 죽었고, 서로의 눈빛 속에서 잠깐씩 살았습니다, 간밤에 취기로 고열은 가셨습니다만,

언제 또 고열이 몰려올지 모르겠습니다만, 고열이 몰려와 내가 잠시 의식을 잃고 눈을 떴을 때, 걷힌 장마와 함께 당신도 사라질 거라는 생각이 들었습니다, 당신이 없어져도 당신과 함께였던 모든 일들이 없었던 일이 되진 않을 것 같습니다, 말은 하지 않으면 않을수록 왠지 다정해 보여, 나는 늘 말수를 줄였고 그런 당신은 늘 내게 침묵하였습니다, 우린 쓸쓸하게 다정했으며 상냥했습니다, 그것으로 되었습니다.

유리

동공

내가 보았던 풍경들을 너에게 보여주고 싶었다,

아무도 듣지 않는 이야기를
너에게만 들려주고 싶어서,

당신의 파르스름한 정맥을 짚었다,

우린 아무런 말도 없이
애절하게 서로를 바라만 보았다,

유리구슬 두 개가
너의 동공에 박혀있었다,

투명하고 깨끗한 유리구슬 안엔
더러운 내가 보였다,

너의 유일한 결점은 나였다,

하지만 난 너의 동공 속에
늘 박혀있고 싶었다,

나는 늘 이기적이었다,
착한 당신은 싫은 내색 하나 없이
나의 더러움을 견뎌 주었다,

나는 당신에게 이것이 사랑인지
동정인지 물었다,

당신은 동공의 흔들림 하나 없이

사랑이라 말했다.

사랑의

　　증명

　　겁이 났다, 감당할 수 없을 만큼 네가 좋아져 버릴까 봐, 겁이 난다, 내 혓바닥 끝에 사랑의 말이 떠나, 너에게 진심이 다 전달이 안 될 것 같아서, 나는 세상으로부터 나를 지우고 싶다,

　　라고 매일 밤 생각을 하면서, 밤새 너를 위해 글을 쓰다가 예쁜 문장이 모이면 너에게 읽어 줄 생각에 아이처럼 신이 났다, 내가 아끼고 아껴온 문장을 가장 소중한 너에게 들려주고 싶어서,

내 사랑을 어떻게 증명할 수 있을까, 사랑의 앞면과 뒷면이 있다면 얼마나 좋을까, 증명하고 싶다, 내가 이렇게나 너를 사랑한다고, 너의 사랑은 언제까지만 나에게 상냥할 수 있을까, 수많은 꽃말들을 모두 외워서 너에게 가장 예쁜 꽃의 이야기를 해줄게, 내가 할 수 있는 가장 예쁜 말들만 너에게 들려줄게, 너는 나에게 미소 한 번만 지어주면 돼, 그게 내 하루를 살게 만들 거야.

가장 멀리서,

　　　　가장 가까이서

　　나는 여름을 싫어했어요, 당신은 여름을 그렇
게 싫어하면 불쌍하다며, 이제부터는 상냥한 여름
이라 이름 붙이자 말했어요, 내가 당신에게 사랑
을 말할 때 우리는 영화처럼 찬란한 우주를 원했
지만,

　　우리의 영화는 이름도 없었고, 나는 내가 쓴 아
름다운 글보다도, 당신을 사랑으로 만족시켜주지
못했던 것 같아요, 나의 사랑은 늘 어색하고 부족
하기만 해서 상냥한 당신이 내 곁을 떠난 것만 같

아요,

　용기를 내어 당신에게 전화를 걸 수도 꽃을 들고 당신의 집 앞에서 기다릴 수도 있어요, 하지만 나는 가장 멀리서, 가장 가까이에서 당신을 잃지 않고 사랑하면서 살아가고 싶어요.

그 시절

　　　　너를 사랑하는 일이

　　　　　　　　나의 전부였다

　　그 시절 내가 하는 것은 너를 사랑하는 일밖에 없어서 나는 주정뱅이 같은 글만 썼다, 네가 떠나고 나니, 내게 남는 문장들은 아무것도 없었다, 오직 남은 건 너를 사랑한다는 말뿐이었다,

　　작가인 나지만 나는 그 글을 갖다가 다른 문장에 붙일 수도 없었다, 나는 참 많이 너를 사랑했나보다, 그 수많은 문장들이 오직 너를 위한 문장들이었으니까,

내가 하는 말들과 내가 하는 행동들도 모두 너에게 맞춰져 있었으니까, 네가 없는 나는 참 어색했다, 퍼즐 하나를 잃어버린 것처럼, 고작 퍼즐 한 조각 때문에, 퍼즐이 영영 완성되지 않는 것처럼.

소녀의

　　고백

　　그대가 나를 떠나는 게 두려워요, 착하기만 한
당신이라, 그런 당신이 나를 생각하며 나를 미워
하게 될까 봐, 그게 너무 두려워요, 당신은 어떤
내 모습까지 좋아해 줄 수 있을까요, 사랑하는 모
진 습관들은 또다시 나를 비참하게 만들까요, 나
는 사랑받을 수 없다고 마음 깊숙한 곳에서 나는
속삭여요, 사람을 믿는다는 건 사랑을 믿는다는
거예요, 사람이 떠나는 게 너무 두렵지만, 당신은
나의 모든 두려움을 잊게 만들 만큼 좋아요, 그러
니 나는 소중히 사랑할래요.

그게 그렇게나

          좋았어

내 사랑을 밟고 자라
자꾸만 밟고 자라

수평선으로 불행이 기울어
자꾸만 기울어

나는 너의 어색한 웃음이
그렇게나 좋았어

너와 나 사이로 볕이 들면

그게 그렇게나 좋았어

내가 부르는 어떤 노래들은
오직 너만을 위한 노래였어

흐린 반점과 마침표 사이
문장을 잊지도 끝맺지도 못하는 사이

사랑은 떠나가
아주 멀리 떠나가

사랑이 떠나도
나는 왜 너에게서 벗어날 수 없을까

ne pas pouvoir s'échapper

ne pas pouvoir s'échapper

(*불어로 벗어날 수 없다라는 말이다)

당신을 바라보면

사랑을 하고 싶어져요

나는 있잖아요, 사는 게 두려워요, 그럼에도 불구하고 스물여덟까지 뻔뻔스럽게도 살아왔어요, 나 같은 겁쟁이는 사랑 같은 거 어울리지 않는데, 자꾸만 당신을 보면 사랑을 하고 싶어져요,

그런 당신이 아무런 끌림도 없이 나를 바라보며 미소를 짓는 게 잔인해요, 나는 그대 미소 하나에 내가 가진 모든 걸 다 내놓을 수 있는걸요, 만유인력은 모든 것에 작용한다는데,

이상의 시처럼 당신은 나에게 끌릴 일이 전혀 없네요, 그런데 있잖아요, 사랑 같은 거 어울리지 않는데, 자꾸만 당신을 바라보면 사랑을 하고 싶어져요, 자꾸만요.

한 철이 아닌 언제까지고

나를 기억해주세요

내가 당신에게 꽃을 선물해준다면, 꽃이 시들 때까지 기다려주세요, 애처롭게 시든 꽃은 아름다운 법입니다, 그리고 시든 꽃을 쓰레기통에 버려버리는 대신,

투명한 유리병에 꽂아주세요, 시든 꽃을 보며 한철이 아닌 언제까지고 나를 기억해주세요, 그리고 그대가 나를 떠나는 날에 그 지겨웠던 시든 꽃다발을 청소해주세요,

많은 시간 동안 어떠한 형태로든 당신의 기억으로 남아 다행입니다, 사람이 헤어지면 서로를 미워한다던데, 당신은 나를 미워하지 않았으면 좋겠어요, 나는 언제까지고 당신을 사랑할 텐데 말이에요, 그저 언젠가 길을 걷다가 나와 마주친다면, 말을 거는 대신 나에게 살짝 웃으며 나를 지나쳐 주세요, 그거 하나면 돼요.

영혼은 영원히

　　　　사랑할 수 있으니

그대 어서 나를 떠나요
내가 쓸데없는 말 하기 전에

그대 어서 멀리 떠나요
사랑을 아직 사랑이라
부를 수 있을 때요

엎질러진 사랑은 다시
사랑이라 부를 수 없으니

두 손을 펼쳐서 고운 그대 눈물
전부 다 받아내어요

그대 우는 이유를 알 수 없대요
그래요 슬픔에는 이유가 없잖아요

우리 함께 만들었던 엉성한 사랑 시들이
누군가의 며칠을 살게 만들었대요

그렇게 사람들이 살아가는 며칠이
우리의 사랑을 온통 아름답게 만들죠

그대 어서 나를 떠나요
내가 쓸데없는 말하기 전에

아픈 구월이 왔네요
코스모스 향이 우리를 감싸요

그대 하필 운 나쁘게도
나를 사랑했네요

그러니 우린 이제 사랑을 바로 못 봐요
꿈속에서는 우리 꼭 봐요

어지럽혀진 나의 사랑처럼
어지러워진 나의 방안은

그대 흔적투성이네요

그대 내게 말했잖아요
영원히 나를 사랑할 거라고

그러니 나를 떠나도 괜찮아요
몸은 떨어져도

영혼은 영원히 사랑할 수 있으니

삐걱거리던 낡은 침대에
그대 숨결이 선명히 묻어 있네요

그렇게 아픈 구월이 왔네요
코스모스 향이 우리를 감싸요

한 줌의

재

나를 좋아하던 여인들은 어딘가가 아팠다, 심
장이 아프거나, 뇌가 아프거나, 무엇인가 하나씩
고질병들이 있었다, 어딘가 고장 난 여인들은 고
장 난 나와 닮은 구석이 있어 나를 좋아하는 것일
지도 모른다는 생각이 들었다, 여인들은 내게 늘
다정했고, 내가 떠나는 것을 무척이나 두려워했
다, 그럴 때마다, 나는 이 성하지 못한 다리로는,
어차피 멀리 가지 못한다고 웃으며 답했다, 하지
만 정작 떠나는 쪽은 여인들 쪽이었다.

죽고 싶은 마음이 들면

　　　　　　나와 바다로 가요

사랑이 무섭다는 너에게 사랑을 하자고 나는 손을 뻗었지, 너는 그런 내 손을 잡아주었고, 너는 그렇게 사랑에 빠지는 모진 습관을 고치지 못하였어,

어느 날 너는 죽고 싶은 마음으로 내게 전화를 걸었지, 그런 마음 아니? 왠지 모르게 전화벨이 울릴 때, 직감적으로 이건 너의 전화라는 느낌이 드는 거, 나는 급하게 너의 집으로 운전을 했고,

비밀번호를 누르고 들어간 너의 집에는 수건과

수건이 목을 매달기 위해 묶여져 있었고, 너는 힘
이 빠져 구석에서 새근새근 숨을 쉬고 있었지, 알
약들은 바닥에 나뒹굴었고, 나는 그런 너를 일으
켜 차에 태우고 병원이 아닌 바다로 향했어, 죽고
싶은 마음이 들면 앞으로 바다에 가자고 말했어,
손목에 칼을 대고 싶을 때마다 내가 준 사탕을 한
알씩 먹으라고 그렇게 말했어, 그렇게 나는 너를
몇 번이고 살려냈는데, 나는 그러면서도 죄책감이
들었어.

얼음

숲

오랫동안

꽤나 극적인 사랑을 했고

우린 이제 이별하네요

아무것도 없었던 나에게

유일히 소중했던 건

그대 하나였습니다

아름답게 이별하고 싶었는데

당신이 우는 것을 보니

그렇지 못했던 이별인 듯합니다

우리 이별하고 많은 시간이 지났는데

나는 같은 시간 안에서

내일이라도

당신을 만날 수 있을 것만 같습니다

날씨는 환절기지만

보잘것없는 나에겐

잘 어울리는 날씨인 듯합니다

우린 이제 이별하네요

당신이 우는 것을 보고 싶진 않았는데

당신은 꽤나 나를 사랑했나 봅니다

어깨에 먼지가 쌓이기 시작하고

세상이 나를 외면해도
나를 절대 외면하지 않던
당신의 손을 이젠 잡을 수 없습니다

우리 꽤나 극적인 사랑을 했는데
이런 사랑도 이제 끝이네요

소리 없이 눈물이 떨어지는데

나는 이것을
슬픔이라 이름 붙일지는 모르겠습니다

무언가 새로운 감정입니다

당신은 내가 꾸고 싶었던 꿈이었습니다
당신에게 남은 생을 허비하고 싶었습니다

가장 가까운 곳에서 당신이 넘어지면
당신을 늘 일으켜주고 싶었습니다

연인이었던 우리는 꿈속에서 인사를 나누었고
나는 빛을 가로질러 계속해서 달렸습니다

당신은 내가 꾸고 싶었던 꿈이었습니다

당신 없이 이 꿈을
이제 무어라고 불러야 할지 모르겠습니다

당신을 많이 사랑했습니다

당신에게 가지 말라고 말하고 싶은데
당신을 행복하게 만들어줄 자신이 없군요

모든 계절을 살아내는 꽃다발을 주고 싶었는데
나의 꽃다발은 시들어갑니다
우리 사랑과 함께요

당신을 성실히 사랑하고, 슬퍼했습니다

믿어주세요

세상에 어떤 인간들보다도
당신을 가장 많이 사랑했습니다

커다란

기분

    겨울에 죽고 싶다는 당신을 데리고, 겨울이 될 때마다 겨울 바다를 보러 갔다, 바다를 바라보는 당신의 표정은 알 수 없었다, 손이 떨어질 것 같이 추운 겨울날인데도, 한 아이는 모래성을 쌓고 있다,

    그렇게 모래성을 완성하고 아이는 무척이나 기뻐했는데, 모래성은 파도에 휩쓸려 무너졌다, 나는 무너지는 것을 보는 게 왠지 익숙했다, 나는 수백 번이고 무너져왔으니까,

나는 부서지기 위해서, 두 발을 딛고 서 있는 것이니까, 당신은 무표정으로 내게 왜 살고 있는 것이냐고 물었다, 나는 내가 나이기 위해, 우리가 우리이기 위해 살아가는 것이라 말했다, 그럼 내가 나를 잃어버리고, 우리가 우리를 잃어버리면 어떡하지, 당신이 물었다, 그럼 그때는 함께 죽자고, 꼭 같이 죽자고 나는 당신의 차가운 손을 잡으며 말했다.

아뇨,

　　아뇨

　　불행은 도망치려고 하면 할수록 점점 선명해지
고, 불어나요, 내가 봤던 불행을 당신에게도 보여
줄 수 있다면, 당신은 나의 불행을 보며 조금은 행
복해질까요, 아뇨, 아뇨 당신은 잘 지냈으면 좋겠
어요,

　　나의 불행의 건너편에서, 영영 나와 닿지 않았
으면 좋겠어요, 내가 심어놓은 아카시아 화원이
왠지 슬퍼 보이는 건, 모든 꽃들이 울타리 안에 갇
혀서 자라기 때문인가요, 불행은 내게 그런 울타

리인가요,

　　내가 슬퍼 보여요? 솔직히 말해봐요, 한 3천
년 후쯤엔 내 글이 잘못 번역되어서, 내 사랑과 불
행이 온통 망쳐질지도 모르겠어요, 아뇨, 아뇨, 내
가 당신을 불행보다도 더 선명히 가슴에 새겨 사
랑했다는 건, 영원히 지워지지 않겠지요.

물고기 주제에
사랑을 했겠지

　결국엔 내가 널 품을 수 없어도, 내가 너의 아픔을 다 헤아릴 수 없어도, 나는 항상 여기 있을게, 꽃이 지고 피는 것을 나와 함께 보자, 겨울나무가 흔들려 아파하는 것을 보자,

　사람을 믿을 수 없다 말해도, 나는 최선을 다해서 너를 사랑해 볼게, 우리는 세상 사람들이 유치하다 말하는 영원을 약속해 보자, 물거품처럼 사라지는 것들을 애써서 잡아보려 하지 말자,

우린 정말 전생에 물고기였나 봐, 이토록 세상으로부터 숨 쉬는 게 힘든 걸 보니, 우린 분명 깊고 푸른 바다 밑바닥을 함께 유영했겠지, 그리고 물고기 주제에 서로 사랑을 했겠지.

당신은 내게

모르핀 같고

　　당신은 이별을 사유로 나를 지운다, 아니 지우
려 애쓰지만 지우지 못한다, 그럼에도 당신은 부
정할 수 없는 나를 밀어낸다, 이미 당신의 마음속
엔 내가 있고,

　　내 마음속엔 당신이 있다, 나의 기억 속엔 당신
은 모르핀 같았다, 우린 겨울에 이별했고, 우리가
태초의 인간이었다면, 이별 대신 깊은 겨울잠을
잤을까,

목에 타오르는 언어들을 겨우 붙잡았다, 우린 사랑했지만 왜 이별해야 했을까, 사랑했지만, 왜 그 누구도 붙잡지 못했을까, 당신은 세상에 인간 중 나를 가장 사랑한다 말했는데, 왜 우리는 작별 인사도 제대로 못 한 채로, 이별해야 했을까.

나쁜

버릇

당신은 사랑에 빠지는 걸
나쁜 버릇이라 말했어요

나쁜 버릇을 끊지 못해서
이렇게나 나를 사랑하고 있는 거라고
그렇게 말했어요

능소화 대신

수국이라도

빛이 잔잔한 어느 봄, 나는 꽃집에 들렀다, 능소화를 좋아한다는 당신의 말을 기억해, 사실 능소화가 어떻게 생긴지도 나는 모른 채 무작정 꽃집을 찾아가 능소화를 찾았지만,

능소화는 목질성의 덩굴식물이어서 덩굴줄기가 길어야 꽃이 피기 때문에, 화원 같은 곳에서 판매용으로 상품화하려면 기술적으로도 어렵다며, 능소화를 팔지 않는다고 말했다,

나는 능소화 대신 수국을 사서 너에게로 갔다. 수국의 꽃말은 '진심'이었고, 나는 그녀에게 나의 진심을 보여주고 싶었다. 그날은 특별한 날도, 무언가를 축하해야 할 것도 없었지만, 그저 이유 없이 꽃을 주고 싶었다. 너에게 수국을 주자 너는 환히 웃다가, 이내 울상을 지었고 너는 꽃은 아름답지만 꽃이 시드는 것을 보고 있으면 슬퍼진다 말했고, 나는 꽃이 시드는 것은 아름다운 일이라고 말했다.

비밀

우리는 서로 사랑하지만 서로 무언가를 감추고 있었다, 서로의 감춘 것을 궁금해했던 우리는 꽁꽁 감춘 속내를 보여주지 않았고, 내가 너에게 감춘 것은 불행이라는 검고 더러운 것이었는데,

나는 이것을 도저히 너에게 닿게 할 수 없어, 늘 쓴웃음만 지었다, 반면에 나는 네가 무엇을 숨기는지 알 수 없었지만, 비밀이 많은 내가 싫다며 너는 나를 떠났고,

우리는 이별을 하고 나서 서로가 서로를 얼마나 사랑했는지 알게 되었지만 우리는 이제 마주볼 수 없다, 사실은 늘 늦게 도착하는 법이다.

제철

　당신

　인간으로서 지켜야 할 것을 지키지 못했죠, 그래서 나는 당신을 지킬 수 있다고 확신이 들지 않습니다, 나는 꽤나 못 미더운 인간입니다, 반복되는 슬픔과 고여서 썩어가는 행복 사이에 나는 항상 머물러 있습니다,

　많은 시간들이 흘러도 그대 내 곁에 오래 머물러주셨으면 합니다, 나를 사랑한다고 말해주지 않아도 괜찮습니다, 내게 말을 하지 않아도 괜찮습니다, 말은 없을수록 다정한 법입니다,

제철 음식을 먹으며, 나와 술을 마셔주세요, 내
겐 당신이 제철이라 나와 술만 마셔줘도 좋을 것
같습니다, 그러다가 나를 떠날까 말까 고민된다
면, 그땐 나를 떠나 주세요, 너무 미안해 말고요,
내겐 당신이 제철이라, 제철이 지나면 당신이 나
를 떠나는 계절이 있을 거라 그리 생각했습니다.

상사병

Lovesickness

상사병은 병이라고 불리지만, 의학 사전에는 나오지 않는다고 해요, 사랑이 이루어지지 못했을 때 생기는 병이지만, 한편으론 저에겐 사랑스럽게 들리기도 해요, 사랑의 병이라니 로맨틱하다고나 할까요? 아, 이 글을 재밌게 쓰고 있는 지금도 누군가는 상사병으로 고통 받고 있겠죠, 이런, 미안 합니다, 의학 사전에 나오지 않는 병이라면 나는 상사병에 대해 새롭게 정의하고 싶습니다,

"서로를 상상하며

사랑스럽게 여기는 것"

그것을 과도하게

미치도록 사랑해 주는 것,

　　사랑하는 애인에게 말해줘요, 나는 너 때문에
상사병에 걸렸다고, 이미 보고 있는데도 미치도록
더 보고 싶다고.

기쁨이

    녹기 전에

    사람은 살아가면서 하나의 시를 남기고 죽는다던데, 나는 당신의 시가 궁금했어, 그렇다고 당신이 죽기를 바란 것은 아니었어, 얕은 파도는 우리의 발등을 쓸어내렸고,

    하늘엔 거짓말처럼 폭설이 내렸지, 그렇게 많은 눈을 바다가 삼킬 수 있다니 놀라웠어, 폭설을 삼킨 바다라, 아름답지 않니? 내 끝나지 않는 슬픔을 저 바다가 삼켜줄 수 있을까,

당신은 내게 물었지, 금방이라도, 바다로 뛰어
들 것처럼 말이야, 우리 언젠가 설원으로 가자, 그
곳에서 녹지 않는 천사를 만들자, 그곳에서 우리
의 마지막 시를 써보자, 우리의 기쁨이 전부 녹아
사라지기 전에.

소망목록

너는 나쁜 사람들의 나쁜 말은

신경 쓰지 않았으면 좋겠고

사랑을 말하는 시인의 말만 들었으면 좋겠다

눈물이 많을 때 아름답지만 너의 눈가에

바다가 조금은 말랐으면 좋겠고

그림자가 점점 흐려지는 나로부터는

조금은 멀리 있어 주면 좋겠다

떨어지는 낙엽을 보며

아파하지 않았으면 좋겠고

다음 계절엔 너의 손목에

붉은 꽃이 피어나지 않았으면 좋겠다

나와 함께한 부질없는

약속들을 지켜주었으면 좋겠다

나를 바보라고

　　　불러주세요

　아침이 다가오면 우리 함께 죄를 지어요, 상냥
한 표정을 지으며 새하얀 죄를 지어요, 그리고 우
리 신께 용서 빌지 말아요, 내 옆자리는 항상 비어
있으니,

　두렵고 지독한 밤이 다가오면 내게로 와요, 내
품 안에서 두려운 시간을 낭비해줘요, 내 품 안에
서 아이처럼 곤히 잠들어줘요, 나를 바보라고 불
러줘요,

내 손도 잡아주고, 내게 키스도 해줘요, 나는 원하는 게 좀 많아요, 하지만 그건 다 당신이 줄 수 있는 거잖아요, 혹은 당신만 줄 수 있는 거요, 나를 바보라고 불러주세요, 나는 당신 앞에서 바보가 되고 싶어요.

사랑하지 않지만

      사랑하고 있다는

            그런 생각을 하고

너는 나를
사랑하려 한 건 아니지만
사랑해버렸다고 말했고

이별하려 한 건 아니지만
우린 이별을 했고

이별의 순간 우리는
각자의 마음 한 켠에
서로의 사랑을 가지며

살아가자 말했고
네가 없는
겨울과 봄의 경계에
홀로 서 있는 나는

사랑하지 않지만
사랑하고 있다는
그런 생각을 하고

그 호흡을

　　　기억해

　　거울을 통하지 않으면 나는 내 모습을 볼 수 없
어, 당연한 사실이지만 난 그것이 때로는 무섭게
느껴졌어, 내가 나를 볼 수 없다는 것, 내가 얼마
나 추잡한 사람인지 꿰뚫어 볼 수 없다는 것,

　　거울을 통해서만 나의 간접적인 모습을 볼 수
있다는 것이 나는 두렵게 느껴졌어, 그런 나를 네
가 뚜렷이 쳐다볼 때 너의 투명한 동공에 비치는
나의 모습을 보았지,

네가 보고 있는 나의 모습도 너의 동공처럼 투명할까, 아니면 추해 보였을까, 나는 끝끝내 나의 궁금증을 너에게 물어보지 않았지, 너의 입에서 두려운 말이 나올까, 나는 겁이 났거든, 나는 겁쟁이에 무식하기까지 하거든, 서로의 숨소리를 들으며 함께 만들었던 호흡을 기억해, 나는 그거 하나면 충분했어.

셈법

너와 나 사이에
사랑을 뺀다면
남는 것은 무엇일까

네가 사랑 하나를 주면
난 사랑 두 개를 줄게

네가 사랑을 내어주지 않아도
나는 사랑을 줄게

나는 분명 너에게 사랑을 줬는데

너에겐 왜 내 사랑이 남아 있지 않을까

　　이 단상집은 스치듯 흘러가는 외로움과 사랑의 조각을 기록한 것이다, 스치는 모든 감정들은 비슷하지만 나는 언젠가 이것들을 모으고 모아서 하나의 소중한 작품으로 만들고 싶었다, 레몬인지 오렌지인지 묻지 말아 줘는 꼭 제목으로 넣고 싶었다, 이것이 레몬인지 오렌지인지 모르겠지만 결국 모든 것들은 사랑이었다, 외로움이었다, 슬픔이었다, 그런 같잖은 말들을 하고 싶었다, 외로움의 단상들, 사랑의 단상들, 슬픔의 단상들이 모여 하나의 거대한 소용돌이가 되었다, 나는 늘 외롭고 슬프지만, 독자들은 꼭 행복하길 바란다, 진심으로.

레몬인지 오렌지인지 묻지 말아 줘

1판 1쇄 펴낸날 2023년 3월 10일

지은이 파블로다니엘

책만듦이 김미정 책꾸밈이 홍규선

펴낸곳 채륜서 펴낸이 서채윤
신고 2011년 9월 5일(제2011-43호)
주소 서울시 광진구 자양로 214, 2층(구의동)
대표전화 1811.1488 팩스 02.6442.9442
book@chaeryun.com www.chaeryun.com

✚ 함께 꿈을 펼치실 작가님을 찾습니다.
소중한 원고를 보내주시면 특별한 책으로 만들겠습니다.

채륜(인문·사회), 채륜서(문학), 띠움(과학·예술)은 함께 자라는 나무입니다.
물과 햇빛이 되어주시면 편하게 쉴 수 있는 그늘을 만들어 드리겠습니다.